AF233449

LE CHANSONNIER MORAINVILLE.

« Tug nostre major cossirier ,
» Et pessamen , el desirier ,
» Son de chantar et d'esbaudir
» Per quey may voleh far auzir
» Nostre saber et luen et pres :
» Quar si no fos qui mots *trobes*
» Sempre fara chants remazuts ;
» Et tot plasents solats perdutz
» Et plus de prets entre las gens. »

(Lettre circulaire des vii troubadours de Toulouse, fondateurs
du collége de la *gaye science.*)

Tout notre plus grand souci ,
Tous nos désirs , toute notre ambition
Se borne à chanter et à rire.
C'est pourquoi nous voulons faire ouïr
Notre science et *près* et *loin* (*) ;

Car si personne ne *trouvait* beaucoup ,
On ferait sans cesse des chants usés ,
Et tous les agréables délassements seraient perdus ,
Et il n'y aurait plus parmi les hommes ni prix ni honneur.

Notre pauvre concitoyen Morainville est mort !! Je désire vous
entretenir de lui , car il fut honnête homme ; la célébrité ne
lui a pas manqué d'ailleurs dans son genre , tout ne doit pas
s'en aller engloutir dans la tombe.

Comme Gilbert, comme Moreau, il a fini ses jours malheureux
et isolé à l'hôpital ; j'ai là devant moi une épreuve de son por-
trait au daguerréotype ; oh ! voilà bien l'homme que j'ai si
souvent entendu chanter dans mon enfance ; je retrouve bien
cette physionomie joviale et fine tout-à-la-fois , ces yeux
pleins de malice à demi-fermés et cachés sous d'épais sourcils ,
cette figure grêlée , ce chapeau à plumards sur le coin de

(*) Il n'est pas hors de propos de faire remarquer que le nom
de *troubadour* , donné à nos premiers poètes, exprimait le talent
de *trouver*, d'inventer , en un mot, le génie même.

l'oreille, ce violon emboîté entre un menton à plusieurs étages et un cou raccourci.

Ne confondons pas Morainville avec ces chanteurs vulgaires que nos foires et nos marchés attirent sur les places publiques, comme les troupeaux de moutons entraînent après eux des volées de sansonnets, dont personne ne connaît le nom, qu'on écoute un instant, puis qu'on quitte aussitôt.

Interrogez la Beauce, le Gâtinais, le Loiret, tous les pays à trente lieues à la ronde...; demandez si l'on a connu Morainville. — Sans doute, vous répondra-t-on. — Dites alors qu'il est mort. — Ah bast! répliquera-t-on. — Ajoutez qu'il est mort à l'hôpital. — A l'hôpital!... impossible!... Morainville était à son aise ; pour lui le voyage, avec son violon, son robinson, sa chaise, sa bouteille, sa femme et son tambour de basque... était un besoin ; Morainville était un homme à part, un type ; il était digne d'être *jongleur*, s'il eût vécu au temps des troubadours ; comme *Blondel*, il eût été capable de retrouver et de sauver le roi Richard à l'aide d'une chanson.

C'était une opinion très accréditée, en effet, que notre pauvre chansonnier avait de l'aisance ; qu'à l'instar des bardes, il allait uniquement pour son plaisir répandre partout sa verve.

A notre époque, qui tend à une uniformité désespérante, où tous les types s'effacent, où la spéculation tient trop souvent la place de l'amour de l'art, où la franche et noble figure enfin de l'artiste menace de disparaître, nous voulons insister sur un personnage que nous croyons digne de l'intérêt public.

Il nous a tous divertis ; sa vie nomade et fertile en incidents pourrait aisément fournir matière à de curieux mémoires, dans un siècle où les mémoires pullulent : Lola-Montès a bien publié les siens.

La plupart des troubadours, qui nous ont laissé des *sirventes*, des *jeux-partis*, des *pastourelles* ou des *novelles*, avaient à peine une teinture des lettres, et cependant on a recueilli avec soin leurs ouvrages.

Ils renfermaient une peinture exacte des mœurs du temps. Pourquoi ne conserverait-on pas les chansons de cet homme, qui disait un jour : « Il n'y a que deux belles choses à la foire : le manège et moi, et s'il faut choisir entre les deux, c'est encore moi qui suis le plus beau ! » de cet homme qui, sur le premier feuillet de ses recueils périodiques, faisait imprimer cette quasi préface, qui peint l'homme tout entier :

» Morainville continue toujours la composition des couplets,
» chansons de noces, mariages, bouquets, etc., en le prévenant
» quelques heures d'avance.

» Il demeure faubourg Saint-Brice, à Chartres. (Affranchir
» les lettres.) »

de cet homme enfin qui, chaque année, durant le Carnaval,
se déguisait *en femme*, et avait un jour fait la conquête
sérieuse du garde-champêtre de Courville à l'aide de ce costume.

Croyez-vous qu'on ne retrouve pas dans ses cahiers les
mœurs surtout de nos campagnes ? il plaisait particulièrement
aux paysans ; il avait su étudier leurs goûts, leurs habitudes,
parler un langage qu'ils comprenaient; il avait sur eux un grand
ascendant, et en fit-il mauvais usage? jamais.

Il appartenait par les inclinations à l'école des *Ségur*, des
Dupaty, des *Lanjon*, des *Rozière*, des *Piis*, des *Collé*, des
Chaulieu, l'Anacréon du Temple, des deux célèbres voyageurs
Chapelle, et *Bachaumont*, qui disait « qu'un honnête homme
doit vivre à la porte de l'église et mourir dans la sacristie. » S'il
lui eût été accordé de fréquenter tous ces joyeux et spirituels
chanteurs, d'assister aux dîners du Caveau, que ne fût-il pas
devenu avec ses dispositions naturelles.

Il admirait Désaugiers et Béranger, il ne parlait qu'avec res-
pect de ces maîtres impérissables.

La majeure partie des chansons *urbaines*, *rustiques* et *guer-
rières* qu'il chantait avec son *épouse*, étaient de sa composition.
En les parcourant, on y trouve généralement de la gaîté, de
l'entrain, de généreuses pensées, une toutefois exceptée :
« Ma Femme m'a battu », que la Préfecture frappa d'une juste
interdiction.

Sed bonus quandò dormitat Homerus.

Il fallait surtout l'entendre chanter; ses gestes, sa panto-
mime, cette intelligence de la chose créée qui n'appartient qu'à
l'auteur seul, en avaient fait un véritable maître.

Aussi, toujours autour de lui, voyait-on un essaim de jeunes
garçons et de jeunes filles, formant le cercle, un cahier de ses
œuvres à la main, étudiant ses intonations, ses poses, cher-
chant à retenir ses allocutions toujours variées à un auditoire
qui l'idolâtrait.

Puis, l'hiver, dans l'étable, au coin du feu, sous le chaume,
durant la veillée, les plus intelligents de ces élèves traduisaient

Morainville ; on croyait encore l'entendre. Nos jeunes comiques des salons ne vont-ils pas, eux aussi, étudier leurs modèles à Paris, et s'inspirer aux soirées des Levassor, des Grassot et des Ravel.

Pauvre Morainville ! ta verve était en raison directe de l'affluence de ton auditoire ; la gloire, la vue de visages épanouis autour de toi, suffisaient à ton bonheur, la recette ne te préoccupait pas ; d'ailleurs le public qui t'écoutait n'était pas ingrat... tu le savais.

Ta bouteille, placée entre tes jambes, remplaçait avantageusement le verre d'eau traditionnel.

Vous rappelez-vous quand il disait sur l'air :

Amusez-vous, etc...

Je suis chanteur, et voilà ma boutique,
Elle est en plein vent, ça m'arrive souvent ;
Je chanterai vive la République,
Et le Président et le soleil levant,
Je vous rendrai le cœur content ;
Approchez-vous, j'en ai pour tous,
J'ai de gais flonflons et de gentilles pastourelles.

La pièce, intitulée *le Miroir,* sur l'air de la Lisette de Béranger, renferme aussi de jolis couplets comme celui-ci :

Un miroir souvent, dit ma mère,
Ne reflète de notre corps
Que les atours, ce n'est qu'une chimère ;
Un bel esprit vaut mieux que les dehors.
Oui, tout peut fuir, la beauté, la richesse,
Et la folie et les fleurs du printemps :
Peut-on compter sur des jours de jeunesse,
Lorsqu'à grands pas nous surgissent les ans.

Veut-on du comique, nous citerons ce couplet extrait de sa pièce « Chanson de foire », sur l'air : *Etait un p'tit homme.*

On voit le père Eustache
Et la mèr' Madelon,
Nom de nom,
Qui vont vendre leur vache
Et leur petit cochon,
Sans façon.

Il ne s'est pas oublié non plus, son dernier couplet l'atteste.

> Et c't ami Morainville,
> Qui chante un peu plus bas,
>   Par là-bas ;
> Son joyeux vaudeville,
> S'il vous semble un peu vieux,
>   Est *heureux*.

Quels sujets n'a-t-il pas traités, outre Bacchus et Vénus ! le commandant Lelièvre, le héros de Mazagran, a été chanté par lui ; il paya également son tribut à la mémoire de l'infortunée servante de Palaiseau dans sa « Complainte *nouvelle* de la Pie voleuse » :

> Écoutez, petits et grands,
> Les tristes événements .
> Arrivés à jeune fille
> De Palaiseau , près Paris ;
> Quoiqu'honnête et fort gentille,
> Elle eut chagrins et soucis.

Avant que de clore la série de nos citations, nous ne pouvons résister au désir de consigner intégralement ses *Couplets populaires* sur l'*Inauguration du gaz.*

Air : Combien je regrette.

REFRAIN.

> A Chartres, j'entends sans peine,
> Ce beau cri de l'amateur,
> Vivent le gaz hydrogène,
> Le ch'min de fer et la vapeur.

> Vive surtout la lumière,
> On est trop mal à tâtons ;
> Oui l'impalpable matière,
> Va servir à mes chansons.
> A Chartres, j'entends sans peine, etc.

> Ah ! pour vous quels avantages,
> Artistes et commerçants,
> Le luxe des étalages
> Doit attirer les chalands.
> A Chartres, j'entends sans peine, etc.

> L'épicier, l'apothicaire,
> Seront à même d'y voir ;
> Ils trouveront votre affaire

Moins dans le jour que le soir.
A Chartres, j'entends sans peine, etc.

Ton règne est fini sur terre,
Fais place au jour tout nouveau,
Mon pauvre vieux réverbère,
Eteins ton terne flambeau.
A Chartres, j'entends sans peine, etc.

La lumière est sans limite,
Dans les cafés et billards ;
C'est vrai, car le gaz imite
Le soleil de toutes parts.
A Chartres, j'entends sans peine, etc.

Le flambeau d'amour, mesdames,
N'était qu'un faible tison;
Du gaz il a pris les flammes,
Pour plaire en toute saison.
A Chartres, j'entends sans peine, etc.

Nos gentilles ouvrières
Se promènent tous les soirs ;
Le reflet de la lumière,
Anime leurs beaux yeux noirs.
A Chartres, j'entends sans peine, etc.

On est content, je le pense,
D'avoir un chemin de fer,
Puis, avec peu de dépense,
Ce plaisir nous est offert.
A Chartres, j'entends sans peine, etc.

Enfin nous avons en ville,
L'eau, le gaz et la vapeur,
Chaque chose très utile
Faite pour notre bonheur.
A Chartres, j'entends sans peine, etc.

S'ils revenaient sur la terre,
Nos bons et simples aïeux,
Ils croiraient, par ce mystère,
Etre au royaume des cieux.

A Chartres, j'entends sans peine,
Ce beau cri de l'amateur,
Vivent le gaz hydrogène,
Le ch'min d'fer et la vapeur.

Maintenant, qu'a donc été cet homme que nous avons tous connu, que beaucoup déjà ont oublié, et pour qui je réclamais au moins un souvenir il n'y a qu'un instant ?

Jean-Baptiste-Alexandre Morainville est né à Rouen, le 17 mars 1795, de parents pauvres, qui exerçaient la profession de logeurs. On le destinait à devenir ouvrier imprimeur ; sa première éducation fut des plus imparfaites ; ce qu'il est devenu, il ne l'a dû qu'à son propre travail, à son intelligence, sans doute aussi à sa vocation.

Un instant peut-être il rêva la gloire militaire. Il s'engageait, en effet, à 16 ans, dans un régiment de ligne, et à Dresde, à cette bataille où nous perdions 3,000 hommes, où cinq généraux de la garde étaient blessés, il recevait lui-même un coup de feu à la main.

Fait prisonnier de guerre à Waterloo, il fut retenu captif en Angleterre pendant huit mois ; de retour en France le 23 mai 1816, il y obtenait un congé illimité ; mais bientôt rappelé sous les drapeaux, il passait encore une année au service, après laquelle il se retirait muni d'un congé définitif.

Il se présenta alors, à Chartres, en qualité d'ouvrier, chez M. Labalte, imprimeur.

Toutefois, cédant bientôt à son inclination naturelle, il se mit à courir de foire en foire, à 23 ans, pour chanter les couplets qu'il avait composés. Dans ses pérégrinations, il rencontra Marie-Marguerite Lejour, de Brest, marchande de chansons ; il se réunit d'abord à elle, puis l'épousa le 5 juin 1822.

Morainville n'avait pas d'enfants ; doué d'un cœur excellent, il adopta la fille d'un de ses camarades ; elle l'accompagnait dans ses tournées, et remplaçait, pour chanter, Mme Morainville, que des infirmités retenaient désormais au logis ; non content de l'avoir adoptée, il la maria, il y a quatre ans, à Epernon, après lui avoir fait une petite dot en raison de ses ressources.

Artiste par le cœur, Morainvillle vivait au jour la journée dans la plus complète insouciance, laissant partout derrière lui une réputation incontestée de probité et de jovialité.

Vingt-sept années s'écoulèrent ainsi. Enumérer tous les pays qu'il a explorés durant cet intervalle serait chose impossible.

Chaque séjour, chaque incident lui fournissait un nouveau sujet d'improvisation, un nouveau texte à broder ; sous cette enveloppe, en apparence grossière, se cachait un esprit observateur, un grand fonds de philosophie.

Mais l'âge, les infirmités, la misère survinrent ; l'agonie dès-lors commença ; oui, l'agonie.

Morainville a mis quinze mois à mourir.

Ses souffrances ont pris naissance le jour où il s'aperçut que sa voix était devenue chevrotante, qu'il était réduit à accepter du bureau de bienfaisance quatre kilogrammes de pain par semaine. Qu'a dû ressentir ce cœur fier et généreux, quand il lui a fallu courir de café en café..., tendre la sébille... et essuyer même quelquefois le refus navrant d'un étranger, qui ne voyait autre chose qu'un honnête mendiant en celui qui trônait jadis sur les places publiques, abrité sous son vaste parapluie de couleur.

Sa verve était éteinte pour toujours, sa gaîté fuyait à tire-d'aile, un profond chagrin qu'il cherchait à renfermer en lui-même le minait : tout l'abandonnait, jusqu'à sa philosophie.

Accablé sous le poids de ses amères réflexions, de ses souffrances intérieures, il entra un jour à l'hôpital... Six semaines après, on le portait en terre sans cortége, sans bruit... c'était le 29 juillet 1851.

Sa veuve, qui lui survit, est infirme ; un marchand de vins de Saint-Brice, chez qui logeait depuis longues années le couple chantant, a pris pitié de sa misère, de son dénûment ; il l'a recueillie chez lui ; cette action l'honore.

En traçant ces lignes d'abord, je me suis proposé de vous faire connaître l'homme privé et non plus seulement le Morainville de la rue ;

Ensuite, et surtout, de faire un appel à vos cœurs et à vos souvenirs en faveur de la veuve du chansonnier beauceron, et pour placer sur sa modeste fosse une pierre avec ces mots :

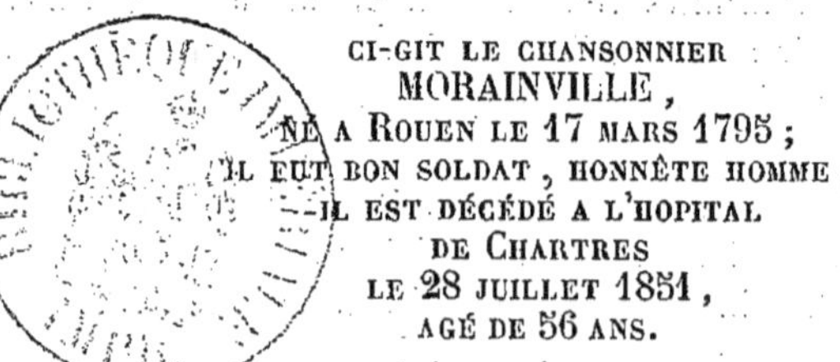

CI-GIT LE CHANSONNIER
MORAINVILLE ,
NÉ A ROUEN LE 17 MARS 1795 ;
IL FUT BON SOLDAT , HONNÊTE HOMME ;
IL EST DÉCÉDÉ A L'HOPITAL
DE CHARTRES
LE 28 JUILLET 1851 ,
AGÉ DE 56 ANS.

Émile B. DE LA CHAVIGNERIE.

Chartres, imprimerie de GARNIER